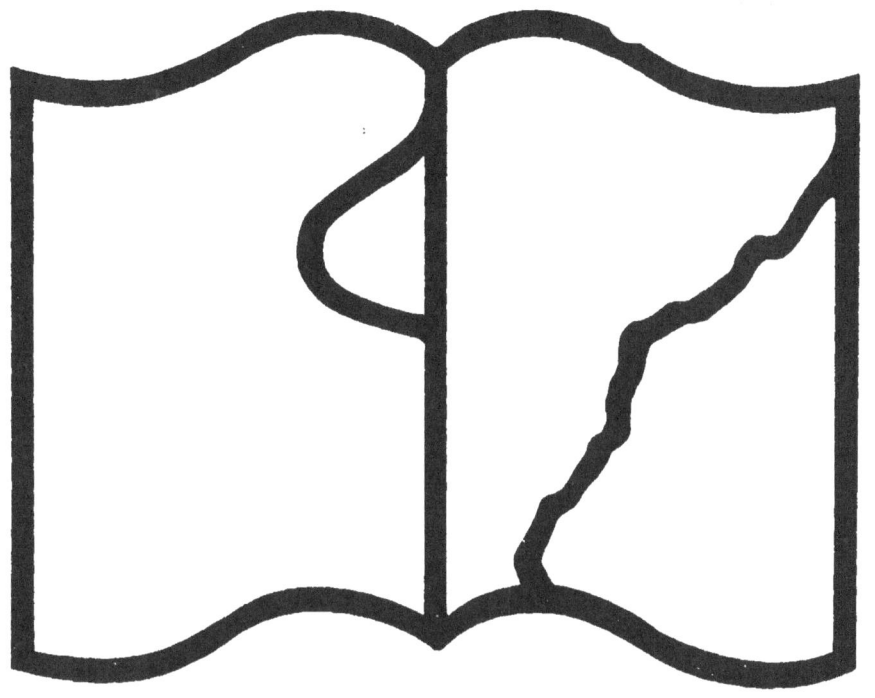

Symbole applicable
pour tout, ou partie
des documents microfilmés

Texte détérioré — reliure défectueuse

NF Z 43-120-11

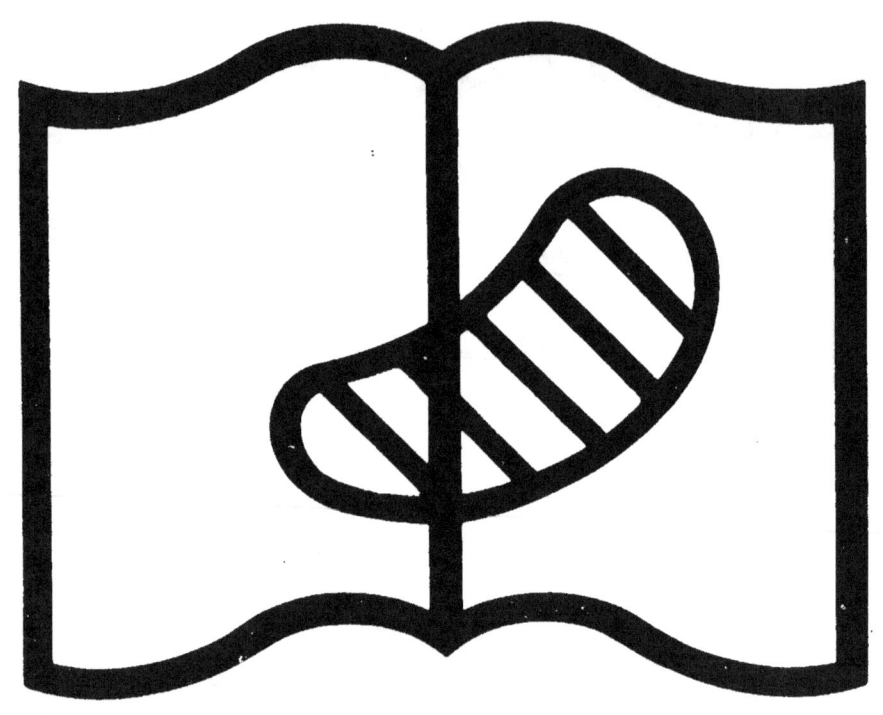

Symbole applicable
pour tout, ou partie
des documents microfilmés

Original illisible

NF Z 43-120-10

L'ÉCLAIR,

COMÉDIE EN UN ACTE ET EN VERS,

IMITÉE DE MÜLLNER,

Par M.' A. BREUIL.

AMIENS,

Imprimerie de Duval et Herment, place Périgord, 3.

1852.

L'ÉCLAIR,

COMÉDIE EN UN ACTE ET EN VERS,

IMITÉE DE MÜLLNER.

L'ÉCLAIR,

COMÉDIE EN UN ACTE ET EN VERS,

IMITÉE DE MÜLLNER,

PAR M.ʳ A. BREUIL.

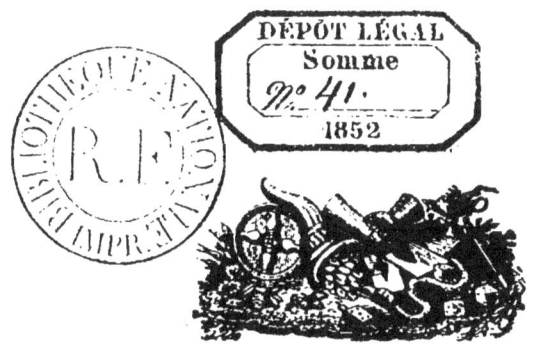

AMIENS,

IMPRIMERIE DE DUVAL ET HERMENT, PLACE PÉRIGORD, 3.

1852.

PERSONNAGES.

HENRI.

LOUISE.

Un Commissionnaire.

L'ÉCLAIR,

COMÉDIE EN UN ACTE ET EN VERS.

Le théâtre représente une salle d'hôtel garni ; porte principale au fond ;
deux portes latérales. — Sur la porte latérale de gauche, on lit
le n.° 1, et sur celle de droite, le n.° 2.

SCÈNE PREMIÈRE.

HENRI *(Seul)*.

Monsieur l'hôte de l'Ours, ne perdez point vos pas :
Non ! à tous vos discours je ne me rendrai pas.
C'est un parti bien pris, quand même d'aventure,
Il vous arriverait dix dames en voiture !
J'occupe cette chambre, et la trouve à mon gré ;
Comme Jean de Paris, ma foi, j'y resterai !

(Il arrive sur le devant de la scène.)

Un tel langage est clair et français, j'imagine.
Si cette vieille dame a l'ouïe encor fine,

Elle se hâtera de quitter l'Ours-Royal
Pour aller se loger dans un autre animal.

(Imitant une voix de femme.)

« Monsieur l'hôte de l'Ours, accordez-moi , par grâce ,
» La chambre d'où l'on peut regarder sur la place. »
Parbleu ! que ne fais-tu , pour sortir d'embarras,
Sur cette place même arrêter ton cabas !
Il vaut, par sa largeur, une maison entière ,
Et pour voir , tu mettras le nez à la portière.
Mais quoi ! j'entends du bruit... on monte l'escalier ;
C'est elle, j'en suis sûr , qui vient me supplier.
Tenons ferme devant cette vieille sybille !
Elle va me trouver inflexible , immobile ;
Je lui tourne le dos, j'ai le ton cavalier ,
Et je reste où je suis, au numéro premier.

> *(Il se met tout près de la porte du n° 1 ; puis, campé fiè-*
> *rement sur la hanche gauche, les bras croisés, il est*
> *placé de manière à tourner le dos, pendant toute la*
> *scène qui suit, à la jeune dame , son interlocutrice.)*

SCÈNE II.

HENRI , LOUISE, *en costume de voyage. (Quelques instants*
après elle, survient un commissionnaire, qui porte sous le
bras plusieurs cartons ou boîtes, un parapluie, un cha-
peau de femme d'ancienne mode, et qui reste dans le fond
du théâtre, contre la porte d'entrée.)

LOUISE.

Monsieur.....

HENRI *(à part)*.

Nous y voilà ; c'est l'assaut qui commence.

LOUISE.

Est-ce vous, Monsieur, qui...

(Elle s'interrompt en voyant HENRI *mettre la main sur la clef du n° 1.)*

HENRI *(à part).*

Si je n'ai la prudence
De fermer cette porte, elle peut brusquement,
Par une irruption, forcer mon logement.

(Il met la clef dans sa poche, et LOUISE, *remarquant cette manœuvre, fait un mouvement de dépit.)*

LOUISE.

Peut-être vous pensiez que j'avais par caprice
Réclamé de vos droits le léger sacrifice ;
J'ai voulu poliment, Monsieur, vous détromper.
Cette chambre, je tiens beaucoup à l'occuper.

HENRI *(qui a repris sa posture).*

J'y tiens beaucoup aussi.

LOUISE.

Croyez que je regrette
Une nécessité qui me rend indiscrète,
Mais des appartements donnant sur le marché,
Celui-là seul est libre...

HENRI.

Ah ! j'en suis bien fâché !

LOUISE.

Quoi ! Monsieur, vous pourriez malgré...

HENRI.

Cela me peine,

Mais je reste où je suis.

LOUISE.

Si ma prière est vaine,
Je me résigne. Au moins, puis-je savoir pourquoi,
Lorsque je suis polie, on ne l'est pas pour moi?

HENRI.

On ne loge pas seul, puisqu'il faut qu'*on* s'explique.
Mon oncle aime l'aspect de la place publique,
Il aime la parade et le bruit des tambours,
Les charlatans barbus aux burlesques discours,
Il aime......

LOUISE.

Alors, Monsieur, voudriez-vous lui dire,
Combien de mon côté vivement je désire...

HENRI.

Je ne puis.

LOUISE.

Pourquoi donc?

HENRI.

Il vient de s'absenter.

LOUISE.

Très-bien! mais au dehors doit-il longtemps rester?

HENRI.

Ah parbleu! c'est trop fort. Coupons court à l'antienne!
Madame... il est sorti, jusqu'à ce qu'il revienne.

LOUISE.

Impertinent !

(S'adressant au commissionnaire.)

Entrez dans le numéro deux.
    (A Henri).

Je vous laisse en repos et vous fais mes adieux ,
Mais je veux en partant voir si votre figure
De l'enseigne du lieu rappelle la peinture.

(Elle s'approche d'Henri pour le regarder.)

HENRI.

Madame!...

(Il aperçoit Louise qui s'enfuit aussitôt et entre au n.° 2.)

SCÈNE III.

Ah! qu'ai-je vu! quelle fâcheuse erreur!
Un ange de vingt ans, un visage enchanteur !
Moi qui croyais parler à cette tête antique
Que du fiacre encadrait la portière gothique !
Triple sot que je suis, malhonnête, brutal!
Mais songeons maintenant à réparer le mal.
Je lui cède ma chambre, et quand même à cette heure
L'hôtel ne m'offrirait qu'un grenier pour demeure ,
Quand je n'aurais pour lit qu'un plancher raboteux ,
Du sacrifice encor mon cœur serait joyeux.

(Il frappe légèrement au n.° 2.)

Mademoiselle....

SCÈNE IV.

HENRI, LOUISE *(qui a retiré son schall et son chapeau).*

LOUISE.

Eh bien?

HENRI.

Pardon, je vous invite
A prendre sans délai la chambre que je quitte.

LOUISE *(sèchement).*

Non. Je reste où je suis.

HENRI.

Pour vaincre ce refus
Je vous dirai...

LOUISE.

Monsieur! Mais vous n'y pensez plus!
Votre oncle aime le bruit, les tambours et les armes,
Et pour lui la parade a d'ineffables charmes.

HENRI.

Hélas! vous me raillez et bien cruellement.
Mon oncle m'a laissé le choix du logement.
Loin d'aimer le tapage, il recherche un asile,
Où l'on puisse le jour lire ou rêver tranquille.
Mon oncle approuvera l'offre que je vous fais.

LOUISE.

Qu'il y souscrive ou non, peu m'importe, et jamais...

HENRI.

Mais vous l'obligeriez, croyez-moi....

LOUISE.

Sur ma vie
Je n'ai de l'obliger, monsieur, aucune envie.

HENRI.

Ma chambre est si commode!

LOUISE.

Eh bien! tant mieux pour vous!

HENRI.

Une très-grande armoire, un lit large et très-doux...

LOUISE.

L'armoire ne serait pour moi d'aucun usage:
Je ne veux pas ouvrir mes caisses de voyage.

HENRI.

Tous les meubles sont neufs.

LOUISE.

Voyez quel agrément!
Toujours les meubles neufs craquent horriblement!

HENRI.

On respire un air frais et pur.

LOUISE.

Cela peut être,
Mais ma tante s'obstine à fermer sa fenêtre.

HENRI.

Que je serais heureux, si....

LOUISE *(vivement)*.

Moi, je voudrais bien
Que vous missiez un terme à ce long entretien.

HENRI.

Puis-je vous décider par un motif suprême?
J'abandonne ces lieux, et je pars ce soir même.

LOUISE.

Le projet me ravit. Allons! partez ce soir.
Bon voyage! au plaisir de ne pas vous revoir!

HENRI.

Mais je vous prie enfin...

LOUISE.

Singulière insistance!
Je vous priais aussi, je crois, avec instance,
Et pourtant... Ah! monsieur, j'aimerais mieux mourir
Que d'accepter le don que vous venez m'offrir.

(Elle sort brusquement par la porte du fond.)

SCÈNE V.

HENRI *(seul)*.

Allons! je suis battu, sa victoire est complète !
Comme dans son dépit elle m'a tenu tête !
Sans trève et sans pitié l'ingrate me raillait,
Plus j'étais suppliant, plus elle m'accablait.
Des femmes voilà bien l'ordinaire conduite :
La contradiction sur leurs lèvres habite,

Et ce vilain défaut, fruit de la vanité,
Chez une femme belle est encore augmenté.
Sur ma foi, cette scène offre un triste présage
Au moment où je pense à me mettre en ménage.
D'avance et sans effort je connais mon destin.
Pimpant, le cœur joyeux, j'épouse un beau matin
Quelque naïve enfant de vertus rayonnante,
Un ange de douceur que partout on me vante :
La paix et l'union règnent durant six mois,
Puis madame, au mépris des conjugales lois,
Se mutine, s'irrite et devient intraitable...
L'ange tombé du ciel a les griffes du diable !
— Que faire alors? parler comme un prédicateur ?
Mais le sermon ne peut se passer d'auditeur...
Or, la chose est notoire, une femme en silence
Entend les compliments, jamais la remontrance.
— Par des pleurs, par des cris, laissez-vous donc fléchir !
Les maris sont perdus s'ils ne savent agir.
Dans la guerre et l'hymen les discours sont frivoles :
Il faut des actions et non pas des paroles.

       (Il s'avance vivement sur la scène.)

Des actions !... Ce mot m'illumine soudain !
La belle a refusé ma chambre avec dédain :
Morbleu ! bon gré, mal gré, je prétends qu'elle y vienne.

      (Il ouvre le n.° 2 et en examine l'intérieur.)

Sa chambre, je le vois, offre ainsi que la mienne
Une porte du fond dont je puis profiter,
Quand du champ de bataille il faudra déserter.

      (Il entre au n.° 2 et revient aussitôt avec les cartons et
        autres objets que portait tout à l'heure le commis-
        sionnaire. Il a pris également le chapeau et le schall
        quittés par Louise.)

Transporter ces cartons n'est pas fort difficile.

(Il entre au n.º 1, après en avoir ouvert la porte avec
la clef restée dans sa poche. Il reparaît bientôt por-
tant un petit porte-manteau et traînant une grosse
valise. Après avoir placé ces objets dans le n.º 2, il
revient et dit) :

C'est fini ! changement forcé de domicile !
Elle pourra crier, mais il sera trop tard.

(Montrant le n.º 1.)

Vous logerez ici, ma chère, ou nulle part.
Elle monte : sa tante est sans doute avec elle ;
Moi, je vais m'éclipser et prendre la venelle,
Puis par des questions faites adroitement
Sur le couple obtenir quelque renseignement.

(Il entre dans le n.º 2, après avoir eu le soin d'en re-
tirer la clef. Il ferme ensuite intérieurement la porte
en la poussant avec force.)

SCÈNE VI.

LOUISE *(entrant doucement par la porte du fond).*

Personne ! renfermé dans sa chambre, il m'évite.
Je regrette qu'il ait pris son parti si vite,
Car un certain remords maintenant me poursuit.
Au fait, qui de nous deux s'est le plus mal conduit ?
Avec grossièreté, certes, il m'a reçue,
Mais quand ?... c'était avant de m'avoir aperçue.
A peine sur mes traits a-t-il jeté les yeux,
Que, semblable au soleil qui perce un ciel brumeux,
Sur sa bouche aussitôt éclate le sourire.
— Ah ! le visage ainsi doit s'animer et luire,

Quand, nous étant forgé quelque triste tableau,
A la place du laid nous rencontrons le beau.
— Quelle métamorphose étonnante, admirable !
Un homme était brutal : il devient doux, affable,
Sa volonté fléchit sous un regard vainqueur,
Et ce qu'il refusait, il l'offre de bon cœur.
Que l'aspect d'une femme ait autant de puissance,
Et de bonnes raisons tout à coup la dispense,
Vraiment cela me plaît et me rassure un peu,
Lorsqu'au doux célibat il me faut dire adieu.
Un mari, nous dit-on, est chez lui chef et maître.
Le code est positif, et l'on doit s'y soumettre,
C'est juste ! — mais je sais qu'aujourd'hui sourdement
La liberté se glisse en tout gouvernement,
Et, pour réaliser l'équilibre où j'aspire,
Je saurai conserver une part de l'empire.
— A ces choses plus tôt que n'ai-je pu songer !
Je crois qu'en ce moment si ce jeune étranger
M'offrait encor sa chambre, eh bien......

SCÈNE VII.

LOUISE, HENRI (entrant vivement par la porte du fond).

HENRI.

Mademoiselle,
Voulez-vous accepter ma très-humble tutelle ?

LOUISE.

En ai-je besoin ?

HENRI.

Oui. La tante a déserté.

LOUISE.

Où cela ?

HENRI.

Dans le camp de l'oncle.

LOUISE *(avec un étonnement marqué).*

En vérité !

HENRI.

Oh ! la désertion, je vous jure, est constante.
— Pour me plaindre de vous, j'ai cherché votre tante.
Pendant que j'attendais l'instant de l'entretien,
Et que la bonne dame, en caressant son chien,
Surveillait le transport d'un coffre hyperbolique,
Tout à coup, hors d'haleine accourt un domestique.
Quand il a mesuré l'équipage des yeux,
Ce fiacre conduisait madame dans ces lieux,
Dit-il à votre tante. — Oui, pourquoi ? répond-elle.
— Madame, pardonnez si je vous interpelle.
Par l'ordre d'un monsieur chez mon maître venu,
J'ai dû guetter ce fiacre, et, l'ayant reconnu,
Savoir en quel hôtel finissait son voyage.
J'ai couru comme un Basque, et je suis tout en nage.
— Votre tante, à ces mots, demande au messager
Un sommaire portrait du monsieur étranger.
— C'est un vieillard replet, sa face est rubiconde...
Elle remonte alors, sans perdre une seconde,
Dans le grand fiacre vert, et, pour quelques instants,
Recommande sa nièce à mes soins bienveillants.

LOUISE.

Ce récit animé par sa clarté me frappe,
Je vois bien les acteurs, mais votre oncle m'échappe.

HENRI.

Mon oncle ?

LOUISE.

Quel est-il ?

HENRI.

C'est le vieillard replet.

LOUISE.

Je vous demanderai la preuve, s'il vous plaît.

HENRI.

La preuve ? volontiers. Fidèle à son usage,
Mon oncle n'a jamais d'argent dans son bagage.
Descendu de voiture, il court chez le banquier,
Qui transforme en écus un commode papier.
Ce Rothschild de l'endroit s'appelle Albert Delambre,
Et notre homme au message est son valet de chambre.
Ainsi, j'en puis juger par ces faits transparents,

(D'un ton enjoué).

L'oncle connaît la tante, et...... nous sommes parents.

LOUISE.

Ce serait singulier.

HENRI.

Non, car une querelle
Entre parents, dit-on, est chose habituelle.

LOUISE *(se tournant vivement vers lui).*

Soriez-vous ?...

2.

HENRI,

Hein? plaît-il? Je....

LOUISE. *(à part)*.

Sans réflexion,
J'allais lui demander... Cette indiscrétion
Conviendrait au commis d'un bureau de voiture,
Mais que moi...

HENRI.

Vous disiez...

LOUISE.

Oh rien ! je vous assure.

(A part).

Lui demander son nom, ce serait m'obliger
A décliner le mien, et quand un étranger,
Un jeune homme surtout pénètre ce mystère,
On regrette souvent de n'avoir su se taire,
On est à sa merci...

HENRI *(à part)*.

Quel étrange embarras !

(Haut).

J'attends la question que vous n'achevez pas.

LOUISE.

Pardonnez-moi, monsieur... aisément on oublie...
Que voulais-je donc dire?...

HENRI.

Ah ! je vous en supplie,
Veuillez chercher...

LOUISE.

Eh bien... je désirais savoir
Pourquoi ce logement, objet de mon espoir,
Tout à l'heure pour vous avait tant d'importance ;
Mais si quelque secret vous oblige au silence,
Je n'insisterai pas...

HENRI.

Un secret, nullement.
Sur le marché voisin donne ce logement,
Et quand le locataire aux fenêtres se place,
Il a le *Pigeon d'Or* précisément en face...

LOUISE *(l'interrompant et avec intérêt).*

Ah ! l'hôtel du *Pigeon...*

HENRI.

Ce maudit *Pigeon d'or*
Vers le diable eût bien dû prendre aujourd'hui l'essor !

LOUISE.

Mais que vous a-t-il fait ?

HENRI.

Rien, et pourtant je tremble,
La crainte et le désir m'agitent tout ensemble,
Lorsque je le regarde...

LOUISE *(avec un intérêt croissant).*

Allons, expliquez-vous !

2.

HENRI.

Au-dessus du *Pigeon*, emblème pur et doux,
Ma femme, ce matin, ouvrant une fenêtre...

LOUISE *(interrompant, et avec une surprise de
désappointement).*

Votre femme!...

HENRI.

Elle-même à mes yeux doit paraître.

LOUISE.

Seriez-vous marié depuis longtemps?

HENRI.

Hélas!
C'est un hymen unique, et comme on n'en voit pas.
Sa très-courte durée à peine est saisissable,
Cependant il me pèse, il m'est insupportable.

LOUISE *(à part).*

Non, non, ce n'est point lui.

HENRI.

Pour son étrangeté
Le fait veut en détail être ici raconté.
Mon oncle doit laisser un immense héritage.
Après que j'eus perdu mes parents en bas-âge
Il voulut adopter le petit orphelin.
Là n'est pas le malheur, mais attendez la fin.
J'atteignais mes vingt ans dans le calme et l'étude,
L'amour n'ayant jamais troublé ma solitude,

Lorsque mon oncle, un jour, entamant l'entretien,
Me dit : mon cher Henri... c'est mon nom...

LOUISE *(avec un retour d'étonnement et d'intérêt).*

Ah ! fort bien !...

HENRI.

« Mon Henri, si pour moi tu sens quelque tendresse,
Si tu veux embellir les jours de ma vieillesse,
Epouse aveuglément la femme de mon choix. »
Ah ! le frisson me prit jusques au bout des doigts !
Des oncles on connaît l'engoûment ridicule ;
Mais le mien, désireux de vaincre mon scrupule,
M'affirma, par serment sur son honneur prêté,
Que ma future était une rare beauté.
Cela fit un peu trève à ma frayeur mortelle,
Et je promis de voir la jeune demoiselle.

LOUISE.

Et... vous avez trouvé ?

HENRI.

Rien.....

LOUISE *(à part).*

C'est fort singulier.

HENRI.

Mon oncle, quoique né dans le siècle dernier,
N'adopte en fait d'amour que le nouveau système.
Les longueurs sont pour lui l'absurdité suprême.
Ne pouvant concevoir le tortueux chemin
Que l'on fait du salut au baiser sur la main,

Il veut que vers l'hymen la course soit rapide,
Et qu'un premier regard de notre choix décide.
Quelque jour, me dit-il, j'offre à tes yeux surpris
Celle dont j'ai voulu que tu fusses épris...
L'éclair fascinateur frappe, brûle ton âme,
Et te voilà l'époux d'une adorable femme.
Alors, par ce projet mon cher oncle exalté,
Me peignit les attraits de sa divinité.
Bref, il fut convenu que si cette tactique
Me rendait amoureux par secousse électrique,
Et si la belle était favorable à mes vœux,
Un prêtre sans retard consacrerait nos nœuds.
Dès ce moment je suis marié...

LOUISE.

     Quoi !... d'avance
Votre femme était là, pour que l'expérience...

HENRI *(interrompant vivement et se frappant le front).*

Elle est ici !... ses traits nobles et gracieux
Occupent mon esprit sans cesse, en tous les lieux.
Vous ne pouvez savoir combien cette conquête,
Qui me charmait hier, aujourd'hui m'inquiète !

LOUISE.

Je ne vous comprends plus... Enfin, que craignez-vous ?

HENRI.

Les chaînes qu'une femme impose à son époux.
La beauté dans son piège aisément nous attire.
Un serrement de main, un regard, un sourire,
Tel que celui qu'on voit sur vos lèvres flotter,
Tout captive le cœur... il ne peut résister...
Et le mien est si faible.

LOUISE *(à part).*

Ah! cet aveu sincère
Prévient en sa faveur.

HENRI.

Cela me désespère,
Car il faut qu'un mari gouverne sa maison.
Que faire quand madame est sourde à la raison?

LOUISE.

On s'esquive sans bruit, et d'un pas tout tranquille,
On va jusqu'au dîner se promener en ville;
Le visage riant, à table on vient s'asseoir,
Et les torts du matin sont oubliés le soir.

HENRI.

La femme, que fait-elle avec votre système?

LOUISE.

Ce qu'elle a toujours fait, mon Dieu!...

HENRI.

Quoi donc?

LOUISE.

Elle aime!...

HENRI.

Et de qui tenez-vous cet art modérateur?

LOUISE.

De ma tante, monsieur.

HENRI.

J'en admire l'auteur;
Mais il est bien des cas où l'époux qu'on offense
Ne pourrait promener sa juste impatience.
Me conseillera-t-on de prendre le grand air,
Quand un jeune lion, de sa moustache fier,
Venant dans mon salon se poser en intime,
Tentera d'usurper ma place légitime,
Quand...

LOUISE *(vivement).*

Permettez, monsieur, mon code conjugal
Omet les cas prévus par le code pénal.
D'ailleurs pourquoi, sans fruit, vous troubler la cervelle,
Tandis que nul péril encor ne se révèle?

HENRI.

Oui, je le sens, j'ai tort. Comme en réalité,
Je suis toujours garçon, et que ma liberté...

LOUISE *(vivement).*

Comment! vous n'êtes pas... Pourtant votre langage
Me semblait indiquer un récent mariage...

HENRI.

Je n'ai pas même vu ma future, et j'attends...

(A part).
A voir l'expression de ses yeux éclatants,
On dirait que l'aveu pour elle est agréable.

LOUISE *(à part).*

Oh! c'est lui, j'en suis sûre.

HENRI *(à part).*

Elle est belle, adorable!

LOUISE *(à part).*

Mon cœur me dit tout bas que je pourrais l'aimer.

HENRI *(à part).*

Mon oncle en la voyant se laisserait charmer.

LOUISE *(à part).*

Tout doit être éclairci par son nom de famille...
Si....

HENRI *(à part).*

Quand cette beauté dans une femme brille,
Pour un peu de caprice il faut être indulgent.

LOUISE *(à part).*

Deux mots et je saurai... Mais en l'interrogeant,
J'ai peur de découvrir que je me suis trompée.

HENRI *(à part).*

De quoi dans ce moment peut-elle être occupée?
(Haut).
Mademoiselle...

LOUISE.

Eh bien?

*(On entend le cartel suspendu au-dessus de la porte
du fond sonner midi.*

HENRI.

Que je serais joyeux
Si vous logiez en face !

LOUISE.

Au *Pigeon*?

HENRI *(montrant le cartel)*.

En ces lieux
Midi vient de sonner, et c'est l'heure critique
Où mon cœur...

LOUISE *(riant)*.

Ah ! je sais...

(A part.)

l'idée est drôlatique,
Dirait un romancier maintenant en renom.
Comme au Palais-Royal le docile canon
Dans le milieu du jour exactement résonne,
Son cœur doit s'enflammer alors que midi sonne !...
(Haut.)
Et de l'heure, monsieur, qui vous a mis au fait ?

HENRI.

Veuillez lire avec moi ce fragment de billet,
Que l'oncle de sa poche a laissé choir sans doute,
Et que, moi, j'ai trouvé voltigeant sur la route.

(Il montre le billet et lit.)

« Si rien ne s'y oppose, je compte partir demain.....

LOUISE *(à part, et après avoir jeté les yeux
sur le billet)*.

C'est la main de ma tante !

HENRI *(continuant la lecture).*

» avec ma nièce. Nous nous rendrons au *Pigeon d'Or* à midi, pour
» qu'Henri puisse nous apercevoir. Mais avant cette heure, je serai
» bien aise de te parler seule..... »

Oh ! le fait est constant !
Ma future, au *Pigeon*, me guette en cet instant.
Malencontreux *Pigeon*, combien je te déteste !
Va, tu n'es qu'un oiseau de présage funeste !

LOUISE.

Tranquillisez-vous donc.

HENRI.

Jamais, en vérité,
Jour ne fut plus propice à la tranquillité !

LOUISE.

Le *Pigeon*, contre qui votre courroux s'emporte,
Pour aucun voyageur n'ouvre aujourd'hui sa porte.

HENRI.

Comment ?

LOUISE.

Ma tante et moi nous devions y loger,
Mais il est envahi par un prince étranger,
Un Hospodar, dit-on, qui mène un train splendide,
Et l'Hôtel n'a pas même une mansarde vide.

HENRI.

Et quand cela serait !... Banni du *Pigeon d'Or*,
On peut se faire ouvrir dix auberges encor.

Oui, quelque soit l'asile où se cache la belle,
Mon oncle, j'en suis sûr, arrivera près d'elle!...

LOUISE.

Eh bien, alors...

HENRI.

Alors?

LOUISE.

Le nuage se fend,
Et peut-être en sort-il cet éclair triomphant
Qui doit...

HENRI *(vivement),*

Mais cet éclair, il a frappé mon âme!

LOUISE.

Où? comment?

HENRI.

De vos yeux, il est parti madame!
Si le premier regard est l'oracle certain
Qui doit fixer pour moi le conjugal destin,
Je n'ai point à chercher un séduisant visage,
Car l'oracle a parlé, c'est à vous qu'il m'engage!

LOUISE.

Monsieur...

HENRI.

Dites...

LOUISE.

Je sens l'honneur de votre choix,
Mais le devoir me fait entendre aussi sa voix,
Et... je suis fiancée...

HENRI.

Oh ! ce n'est pas possible !
Vous me raillez encor... Votre cœur inflexible...

LOUISE.

Non, je ne raille point.

HENRI.

Quel contre-temps fatal !
Voyons : est-il trop tard pour conjurer le mal ?
— Vous êtes fiancée, et, moi-même, peu sage,
J'acceptai les liens d'un demi-mariage,
Tous deux nous avons fait la moitié du chemin :
Touchons le but ensemble, en nous donnant la main.

LOUISE.

Et votre oncle, monsieur, songez qu'il faut lui plaire,
Il serait irrité...

HENRI *(vivement)*.

Qu'importe sa colère !

LOUISE.

Je n'ai pas de fortune.

HENRI.

Eh ! j'en aurai pour deux !

LOUISE.

J'ai, je vous en préviens, des caprices.

HENRI.

Tant mieux!
A ce léger défaut si vous n'étiez sujette,
L'esprit et la beauté vous rendraient trop parfaite.

LOUISE.

Quelquefois je me fâche et j'ai le ton méchant.

HENRI.

Mais vous êtes encor charmante en vous fâchant!

LOUISE.

Je vous connais à peine, et je pourrais peut-être...

HENRI *(vivement)*.

Vous m'avez vu, je pense, assez pour me connaître.
Je ne suis pas doué d'un mérite éclatant,
Mais le peu que je vaux se découvre à l'instant.
Puis-je donc espérer?...

LOUISE.

Lorsque viendra ma tante,
Nous reprendrons, monsieur, cette affaire importante.

(*Elle veut entrer au n.° 2 et témoigne son impatience en la voyant fermée.*)

Qu'est-ce donc? je ne puis ouvrir mon logement.
Qui l'a fermé? monsieur, répondez-moi... Comment...

HENRI *(embarrassé).*

Mademoiselle...

LOUISE.

Eh bien?

HENRI.

C'est que...

LOUISE *(arec dépit).*

Parlez plus vite!

HENRI *(timidement et en montrant le n.° 1).*

Au numéro premier mademoiselle habite.

LOUISE *(avec explosion).*

Au numéro premier!...

HENRI.

Oui... je...

(A part.)
Quel embarras!

(Haut.)
J'ai cru... certainement...

LOUISE.

Assez! n'achevez pas!
Malgré ma volonté nettement exprimée,
Vous pensiez qu'en voyant cette chambre fermée,
Je me déciderais à prendre l'autre, eh bien
Vous raisonniez fort mal, et je n'en ferai rien.

HENRI *(très-timidement).*

Il faut me pardonner ma conduite indiscrète :
J'avais, vous le savez, le mariage en tête,
Il me semblait qu'en vous ma femme vînt s'offrir,
Et... je voulais un peu... m'exercer... m'aguerrir.

LOUISE.

A merveille! monsieur, l'excuse est admirable!

HENRI.

Je suis au moins sincère en m'avouant coupable.
     (Montrant le n.° 1.)
Si vous vouliez entrer...

LOUISE *(montrant le n.° 2).*

          Rentrer? assurément.
Donnez-moi donc la clef de mon appartement.

HENRI *(avec hésitation).*

La clef?

LOUISE.

     La clef — ce mot à comprendre est facile.

HENRI *(faisant mine de chercher avec empressement).*

Je fais pour la trouver un effort inutile.

     (A part et continuant le même jeu.)
Hélas! que dira-t-elle, après avoir ouvert,
Du déménagement aussitôt découvert?
Le vent souffle déjà, mais gare la tempête!

LOUISE.

Pour la troisième fois, enfin, je vous répète
Que je veux cette clef.

HENRI.

Puisqu'il faut obéir,

La voici.

*(Il la lui présente, mais elle fait avec la main
un mouvement de refus.)*

LOUISE.

Ce n'est point à moi qu'il sied d'ouvrir.
On doit toujours, je crois, récolter ce qu'on sème.
Vous avez clos la porte : ouvrez-la donc vous-même.

*(Henri ouvre la porte en tremblant; Louise entre au
n.° 2, et en sort presque aussitôt.)*

C'est indigne, monsieur. Quoi! vos porte-manteaux
De cet appartement salissent les carreaux!
L'insupportable odeur que tout ce cuir dégage!
Les repoussants objets !!... où donc est mon bagage?

HENRI.

Au numéro premier.

LOUISE *(après avoir ouvert la porte du n.° 1).*

C'est encor plus affreux!
Regardez ce désordre et soyez-en honteux !
Vous ne répondez pas?

HENRI *(à part).*

L'occasion est bonne,
Pour qu'à la patience un mari se façonne.

LOUISE.

Regardez mes cartons qui, posés à l'envers,
Grimacent, déformés, après vingt chocs divers;

3.

Ce chandelier coiffé de mon chapeau de paille,
Et ce vieux parapluie éborgnant la muraille!
—Je ne vous conçois pas, monsieur, vous êtes fou!
Vite, allons! tout cela doit sortir de ce trou.

> *(Elle entre au n.° 1 et revient avec un carton et un parapluie. Elle traverse rapidement la scène pour entrer au n.° 2, dans l'intérieur duquel elle trébuche contre le petit porte-manteau.)*

(De l'intérieur.)

Hors d'ici, maudit sac!

> *(Le petit porte-manteau, lancé de l'intérieur, tombe sur la scène; Louise reparaît traînant la grosse valise qu'elle laisse tomber aux pieds de Henri.)*

Placez à votre guise
Ce ballot décoré du beau nom de valise.

> *(Elle rentre au n.° 2.)*

HENRI *(à part et en riant).*

C'est un lutin femelle, un diable, en vérité!
Mais elle a de la verve!

LOUISE *(reparaissant).*

Ah! j'ai tout exporté!
Ma chambre est libre enfin! — Maintenant je vous quitte.
Tandis qu'à l'hôtelier je vais rendre visite,
Et chercher un vinaigre ou quelque eau de senteur,
Qui de ces vilains cuirs puisse chasser l'odeur,
Vous, monsieur, méritez d'obtenir votre grâce
Et rangez au plus tôt mes effets à leur place.

D'abord, par son ruban, suspendez mon chapeau
A ce grand clou doré brillant sur le trumeau.
Ensuite, déployez mon schall sur la bergère,
En rangeant mes cartons ayez la main légère,
Et sachez éviter, pour qu'on ne gronde plus,
De prendre étourdiment le fond pour le dessus.
Au reste, à vous aider vous me trouverez prête,
Nous finirons tous deux la besogne incomplète,
Car... si vous n'êtes pas encore mon époux,
Vous êtes mon ami... je cours... dépêchez-vous!

(Elle sort par la porte du fond.)

SCÈNE VIII.

HENRI.

Oui, pour ne pas aimer, adorer cette femme,
Il faut n'avoir point d'yeux, point d'oreilles, point d'ame!
Agile comme un sylphe et vive en son humeur,
Comme le vin mousseux, champenoise liqueur,
Elle est pourtant, je crois, affectueuse et bonne.
Je serai trop heureux que le ciel me la donne,
Et si dans le ménage elle veut commander,
Une fois par semaine on pourra lui céder.
En ce monde le bien avec le mal s'allie.
Voyons, qu'est-ce après tout qu'une femme jolie?
On l'a dit avant moi : c'est un mal séduisant.
— Mais mon oncle, comment le fléchir à présent?
D'avance je prévois son interrogatoire.
Quelle est, me dira-t-il, cette galante histoire?
Ce chef-d'œuvre de grâce, à l'auberge trouvé,
De quel point cardinal nous est-il arrivé?

Son berceau fut à Brest, ou bien à Pampelune?
Son nom le connais-tu? Son rang et sa fortune?
Voilà les questions dont il m'accablera,
Et comme le ténor de certain opéra,
Je répondrai toujours, sans varier mon thème :
Hélas! je ne sais rien, mon oncle, *mais je l'aime!*
Ce refrain romantique aura peu de succès.
Alors à ma sottise il fait un long procès,
Il m'accuse d'avoir oublié la promesse
Qui pour une autre femme engageait ma tendresse,
Il me traite d'ingrat, moi qui lui dois mon sort!...
Comment mettre l'amour et l'amitié d'accord!
— Mais j'y pense, tandis qu'un tel sujet m'agite,
Je n'ai pas commencé la besogne prescrite.
Mon zèle cependant veut se faire applaudir,
Le mouvement d'ailleurs est bon pour m'étourdir.

(Il entre au n.º 1.)

SCÈNE IX.

LOUISE.

*(Elle entre doucement par la porte du fond, tenant
à la main un flacon d'eau de Cologne. Elle prête
l'oreille au bruit qu'elle entend dans le n.º 1.)*

M'obéit-il? Sans doute... il s'est mis à l'ouvrage.
— Ma tante me l'a dit : le parfum du ménage
C'est la docilité que montre le mari :
Je pourrai, je le vois, m'entendre avec Henri.
N'a-t-il pas supporté ma bourrade en silence!
Ah! je lui sais bon gré de tant de patience.
Pauvre garçon! vraiment c'est jouer de malheur.
L'avant-goût de l'hymen pour d'autres est flatteur,

Lui, dès le premier pas, savoure une dispute,
Par le sort du mari le fiancé débute !
Allons ! dans l'avenir s'il est bon, sage, aimant,
Sa femme lui doit bien un dédommagement.
    (Montrant le n.° 2).
Je vais l'attendre là...

                    (Elle entre au n.° 2.)

SCÈNE X.

HENRI.

*(Il sort du n.° 1, portant une pyramide formée de
cartons et de boîtes. Il est coiffé d'une énorme ca-
pote de soie verte, appartenant à la tante de
Louise. Il a suspendu le chapeau de Louise à son
bras droit, et il porte le schall sur son bras gauche. — En avançant sur la scène, son pied heurte
la grosse valise, la pyramide s'écroule, et une
quantité de lettres s'échappent d'un petit carton.)*

            Maladresse maudite !
Je prends tout à la fois pour en finir plus vite,
Et zest ! en un moment l'édifice est détruit :
Si ma voisine vient, nous aurons un beau bruit !

    *(Il se débarrasse du schall, du chapeau de Louise, et
    enfin il ôte le chapeau de la tante.)*

Commençons par ôter ce chapeau de la tante,
Monument de la mode en l'an mil huit cent trente !

        (Apercevant les lettres éparses sur le plancher).

Que de lettres, bon Dieu ! Ce papier voyageur
Suffirait à remplir la boîte d'un facteur.

De les remettre en place il faut que je m'empresse,
On pourrait soupçonner...

(Prenant une lettre au hasard et en regardant l'adresse.)

Qu'est-ce que cette adresse?

Il me semble, voyons... « A madame d'Ormin. »
Mais de mon oncle ici je reconnais la main...

(Il ouvre la lettre.)

Puis voilà bien mon nom sur la première page :
Ma foi, je n'y tiens plus! je lis ce griffonnage.

(Il s'assied pour lire sur la grosse valise.)

« Henri a le cœur d'un enfant, mais il a l'esprit d'un homme....

Ce cher oncle de moi ne dit pas trop de mal !

» Louise et lui feraient un couple charmant. Je ne veux pas pour ma
» nièce une de ces femmes aux grands airs, qui prodiguent leur argent
» en toilettes folles, courent les bals, les fêtes, et ne se plaisent que hors
» de leur maison. Une écervelée de ce genre ruinerait Henri et le rendrait
» malheureux. Ce qui lui convient, c'est une jeune fille simplement élevée,
» spirituelle, bonne...

C'est bien dit ! Mais lisons le passage final !

» Notre jeune homme n'a jamais été amoureux. Mon dessein est de le
» placer tout à coup en présence de Louise.... et l'éclair éblouissant d'un
» premier regard.... »

(Se levant et avec feu.)

Oh, je tiens le secret... maintenant plus de doute,
Cet éclair, ce billet ramassé sur la route,
La tante, un messager, l'Ours et le Pigeon d'Or,
Le numéro premier, puis vingt choses encor,
Tout s'explique à mes yeux... C'est elle! ma voisine,
Qu'en ce jour fortuné mon oncle me destine!

SCÈNE XI.

HENRI, LOUISE *sortant du n.º 2, après avoir épié Henri par la porte entr'ouverte, depuis le commencement de la lecture de la lettre.*

LOUISE (*affectant le mécontentement*).

Voilà comme l'on est à mes ordres soumis !
A se justifier monsieur croit être admis,
Peut-être !... savez-vous...

HENRI (*interrompant vivement*).

Je sais que je vous aime,
Que depuis un moment mon bonheur est extrême,
Je sais qu'au Pigeon d'Or vous avez dû venir,
Je sais... que vous pouvez demain m'appartenir...

LOUISE.

Monsieur !

HENRI.

Il ne sert point de jouer la surprise.
Ah ! je n'ignore plus votre nom de Louise :
Ce nom, je le trouvais déjà mélodieux,
Mais porté par vous-même il est délicieux.
— Si mon oncle était là, que je lui ferais fête !
On doit le réputer pour excellent prophète.
Ne suis-je pas vaincu par l'*éclair* annoncé ?
Seulement... à l'*orage* il n'avait point pensé...

LOUISE.

Vous devez prendre garde et réfléchir : l'orage
Pourrait encor gronder durant le mariage.

HENRI.

J'ai réfléchi. J'ai vu qu'après le mauvais temps
Les rayons du soleil brillaient plus éclatans,
Et que sur votre front où la grâce réside,
Il ne pouvait passer qu'un nuage rapide.
Oui, tenez! j'ai raison de vous parler ainsi,
Car ce front à mes yeux soudain s'est éclairci...
Que de sérénité, de douceur le décore!
Oh! Louise, à genoux un amant vous adore,
Mais... pour se relever il veut un nom plus doux...

LOUISE (*le relevant*).

Henri de Rosambert, mon mari, levez-vous!

LA TOILE TOMBE.

Amiens. — Imp. de Duval et Herment, place Périgord, 3.